Patrick Salmen · Quichotte

Du kannst alles schaffen, wovon du träumst. Es sei denn, es ist zu schwierig.

---

111 absurde Rätselgeschichten – Edition 1:
Stadt, Land, Fluss

W0220947

Patrick Salmen · Quichotte

Du kannst alles schaffen, wovon du träumst. Es sei denn, es ist zu schwierig.

111 absurde Rätselgeschichten – Edition 1:
Stadt, Land, Fluss

Lektora

Lektora, Paderborn

Erste Auflage 2013

Alle Rechte vorbehalten
Copyright 2013 by

Lektora GmbH
Karlstraße 56
33098 Paderborn
Tel.: 05251 6886809
Fax: 05251 6886815
www.lektora-verlag.de

Druck: Standartu spaustuve, Vilnius
Cover: Jonas David
Lektorat: Lektora GmbH
Satz: Lektora GmbH

Printed in Lithuania

ISBN: 978-3-95461-014-3

Lieber Halunke und angehender Ratefuchs,

es ist schön, dass du dieses kleine Büchlein nun in deinen Händen hältst. Bevor du aber nun mit dem Lesen beginnst, seien dir ein paar Worte mit auf den Weg gegeben ...

Solltest du in diesem Buch einen tieferen Sinn in Form einer subtilen subversiven Kritik auf den Werteverfall im westlichen Europa, den Kapitalismus im Allgemeinen oder die zunehmende politische Verdrossenheit des aufgeklärten Zivilbürgers finden, so erquicke dich an deiner eigenen Feingeistigkeit und backe dir einen Keks der Zufriedenheit. Falls nicht: schade.

Zum Prinzip dieses Spiels: Die Leerstellen in den Geschichten gilt es sinngetreu durch einen geografischen Begriff auszufüllen. Dies kann also eine Stadt, ein Land oder gar eine Gebietsbezeichnung sein. Vielleicht hat sich sogar ein kleiner Fluss versteckt? Finde es selbst heraus, kleiner Räuber. Als kleine Hilfestellung sei dir die Silbenanzahl bereits mit auf den Weg gegeben. Diese orientiert sich am konkreten Lösungswort und vernachlässigt ggf. jene der Stadt, des Landes usw. (siehe Beipiel II auf der nächsten Seite). Die Antworten der Rätsel findest du in Spiegelschrift und auf den Kopf gedreht am rechten unteren Rand der jeweils folgenden Seite. Die Rätsel sind nach Schwierigkeitsstufen von 1 bis 5 geordnet. Solltest du bereits bei Schwierigkeitsstufe 1 kläglich scheitern, so sei dir gesagt, dass die Metamorphose vom Firlefanz zum Ratefuchs wahrlich ein schleichender Prozess ist.

Jegliche Rätsel-Antworten verzichten auf orthografische Richtigkeit, korrekte Aussprache und grammatische Zusammenhänge. Dialektale Ungereimtheiten basieren auf dem völlig verklärten Weltbild der Verfasser.

Jetzt geht's auch schon los, kleiner Schlawiner. Du bist bestimmt schon ganz neugierig. Und immer dran denken:

„Du kannst alles schaffen, wovon du träumst. Es sei denn, es ist zu schwierig."

(Jonas Klee)

Beispiel I (Schwierigkeitsstufe I)

„Hast du mal eine ruhige Minute?", fragte die Katze den Hund, der just in diesem Moment am Gartentor dem Postboten auflauerte. „Nein", erwiderte dieser, „ich ____ ____." *(2 Silben)*

Antwort: Belgrad – bell grad

Beispiel II (Schwierigkeitsstufe III)

„Bist du müde?", fragte Uwe seinen Freund Frank, der sich gerade reckte und streckte. „Nein", erwiderte dieser, „ich ____ ____." *(2 Silben)*

Antwort: Genua – gähn nur

Schwierigkeitsstufe I

1) Manche Menschen sind um ihre Gleichgültigkeit wirklich zu beneiden. Kürzlich ist zum Beispiel in Afrika ein Mann erblindet. Dies störte ihn allerdings nicht sonderlich, denn ihm war ___ ___ ___.

2) Ein Besucher kam zur allgemeinen Schlafenszeit ins Kloster und erkundigte sich beim Pförtner nach einem verschollenen Freund. Da sich alle im Kloster beheimateten Mönche zum Schlafe in ihr eigenes Zimmer zurückzogen, vermutete der Pförtner daraufhin: „Er wird wohl in der ___ ___ ___."

Senegal – Seh'n egal

3) Zum Schrecken seiner Dorfgenossen verfiel der Karatekämpfer Bruce wieder einmal in eine seiner berüchtigten mehrmonatigen Winterstarren. Was normalerweise bei den übrigen Bewohnern keinen Anstoß erregte, sorgte allerdings dieses Mal für Angst und Schrecken, da sich das Nachbardorf anschickte, einen Eroberungsfeldzug zu führen. Ohne ihren großen Helden rechneten die Dorfbewohner sich allerdings kaum Chancen aus. In ihrer Not kamen sie zu dem Schluss, man müsse in dieser dringlichen Notsituation unbedingt ___ ___ ___.

Kamerun – Kammer ruf'n

4) Alle zwei Wochen tagt die I. A. R. G., die uns allen wohlbekannte Internationale Automobil-Räuber-Genossenschaft, auf einem stillgelegten Schrottplatz, um mit ihren neuesten Diebesgütern zu hausieren. Bei einem jener Treffen fragte einer der professionellen Halunken einen hochgeschätzten Kollegen: „Hast du diesen brandneu anmutenden Geländewagen schon lange?“ Stolz und doch mit einer gewissen Zurückhaltung im verruchten Antlitz antwortete dieser: „Nein, ich ____ ____ ____.“

Litauen – Lee tauen

5) Nach vielen Jahren fortgeschrittener Evolution haben sich die Esel in ihrer Sprache immer mehr den anthropologischen Sprechgewohnheiten angenähert. Nur ein besonders freiheitsliebender autarker Esel zog aus nostalgischen Gründen nicht mit und proklamierte in aller Öffentlichkeit: „Ich sag auch weiterhin ____ ____ ____ ____."

Stalingrad – stahl ihn grad

6) Um den deutschen Film zu retten, beschloss der deutsche Kulturfonds in Berlin, einen hohen Betrag für neue Projekte zur Verfügung zu stellen. Zu diesem Zwecke sollten nun große Hollywoodregisseure auf geschichtsträchtigem Boden ihr Können zeigen und für frischen Wind sorgen. In Begleitung ihrer kompletten Filmteams trafen sich nun Steven Spielberg und Tim Burton in Ostdeutschland. Da fragte der neugierige Tim: „Na, was ____ ____?“

Liberia – lieber, I-A.

7) Viele Wahrheiten über Religionen wurden bekanntlich im Laufe der Zeit verschwiegen. Diesen Fakt zum Beispiel kennen die wenigsten: Da der gute Siddhartha Gautama damals eine riesige Seuche über sein Land verbreitete, sprechen Hobby-Historiker auch scherzhaft von der sogenannten ___ ___ ___.

Dresden – Drehs, denn

8) Im 18. Jahrhundert war es üblich, dass bekannte Autoren aufgrund gegenseitiger Wertschätzung ihre jüngst erdachten Werke untereinander austauschten. In einem Falle jedoch gerieten die literarischen Tandempartner in einen Zwist. „Bevor ich *Ihnen* dieses Manuskript anvertraue“, sprach der silberlöckige Schiller infolge eines solchen Zankes zu seinem Schriftstellerkollegen, „passiert es eher, dass ich es ____ ____ ____.“

Budapest – Buddha-Pest

9) Weil sich die listigen Paviane mit ihrem blanken Hinterteil auf den historischen Schlossgemäuern niederließen, sprach man in der Touristikbranche auch scherzhaft von der sogenannten ___ ___ ___ ___.

Göteborg – Goethe borg

10) Nachdem sich die lustige Reisegesellschaft auf ihrem Städtetrip vor lauter Freude regelrecht in die Hose exkrementierte und dem Gefährt seitdem ein penetranter Gestank anhaftet, dem sich keiner der Fahrer mehr freiwillig ausliefern möchte, spricht man abwertend auch vom sogenannten ____ ____.

Aschaffenburg – Arsch-Affen-Burg

11) Für viele weibliche Zuschauer lässt sich der Fußballsport häufig auf die Äußerlichkeiten der auf dem Rasen beteiligten Protagonisten reduzieren. „Hach ...“, sagte die junge Dame nach dem Freundschaftsspiel der argentinischen Nationalmannschaft. „Vom Spiel hab ich wirklich nichts verstanden, aber Hauptsache, ich war einmal im Leben ___ ___ ___.“

Cottbus – Kot-Bus

12) Nachdem der tollpatschige Torben abermals seinen Hausschlüssel in der Firma hatte liegen lassen, stand er nun wie ein begossener Pudel vor seiner eigenen Eingangspforte. Pfiffig, wie er nun einmal war, suchte er nun nach einer Lösung, um sein Domizil doch noch öffnen zu können. So sagte er zu seinem Dortmunder Kumpel: „Wir sollten dieses Fenster einschlagen, aber ich finde keinen Gegenstand zum Werfen.“ „Schau mal“, erwiderte dieser beim Blick in die mediterran-minimalistisch gestaltete Gartenlandschaft. „Da ____ ____ ____.“

Messina – Messi nah

13) Zwei jugendliche Hausbootbewohner wollten sich eines Nachmittages zum Spielen auf dem Steg verabreden. Nachdem sein Freund auch nach langen Minuten des Wartens nicht am verabredeten Treffpunkt erschien, wunderte sich der andere doch arg und rief seinen Freund umgehend auf dem Handy an. Daraufhin schilderte der Vermisste die Situation und erklärte, dass er aufgrund einer kecken Schelmerei bei den Eltern jüngst in Ungnaden gefallen war. Diese hätten nun zu einem altbewährten Sanktionsmittel gegriffen und ihm sowohl den Ausgang als auch das Betreten des hinteren Schiffteils untersagt. Deshalb fragte sein sich in Freiheit befindlicher Freund: „Warum halten sie dich denn die ganze Zeit auf der Vorderseite des Schiffes gefangen?“ Die Antwort ließ nicht lange auf sich warten. „Das erklärte ich doch bereits. Ich hab ____ ____ ____.“

Liechtenstein – liecht 'n Stein (liegt ein Stein)

Schwierigkeitsstufe II

14) Zwei Chemnitzer Freunde machten sich auf in die Schweiz, einzig mit dem Ziel, ein paar Tage wandern zu gehen. Dass in der Alpenregion geologisch bedingt steinige Erhöhungen ihren Weg kreuzen würden, hatten sie vorher nicht geahnt, da in Chemnitz die Welt vergleichsweise flach ist. Einer von ihnen blieb just stehen und titulierte: „Ich möchte nicht weitergehen. Vor mir tut sich scheinbar ein Felsungeheuer auf. Da erwiderte sein Freund: „Stell dich nicht so an, das ist doch ____ ____."

Bukarest – Bug-Arrest

15) Zwei Lehrer diskutierten im Büro über die Sozialkompetenzen ihrer Schüler. „Nun“, sprach der eine, „also, der Rudi ist privat ja schon ein regelrechtes Arschloch. Der Kevin hat es auch faustdick hinter den Ohren, aber die Lisa, die ist ____ ____ Ordnung.“

Nürnberg – nür 'n Berg (nur ein Berg)

16) Nachdem ein emsiger Gärtner die Wiese des Hausbesitzers in Windeseile gemäht hatte, machte er sich mit dem Rasenmäher an einigen kleinen Booten am benachbarten Steg zu schaffen und rasierte förmlich die komplette Bootinnenfläche. In eingeweihten Kreisen bezeichnet man die maritimen Fortbewegungsmittel fortan auch als ____ ____ ____.

Schwerin – schwer in

17) Eine sehgestörte Krankenschwester wollte ihrem Patienten jüngst Blut abnehmen, fand jedoch keine geeignete Stelle, um die Spritze anzusetzen. „Sie sind mir wahrlich ein Taugenichts“, sprach der Oberarzt. „Sind Sie denn blind? Schauen Sie doch mal dort am Hals. Da ist die ____ ____ ____.“

Kalkutta – Kahl-Kutter

18) „Der Muhammad! Ein wahrlich guter Boxer, aber menschlich unterste Schublade“, sprach der sportbegeisterte Stefan. „Woher willst denn du das wissen?“, hakte der investigative Ingo nach. „Na, weil ich ____ ____ ____ ____.“

Venedig – Vene dick

19) Zwei ziemlich eitle Zeitgenossen, die stets auf ihre gut sitzenden Frisuren bedacht waren, fuhren auf Städtereise. Der Stadtführer wies sie im Verlauf der Führung auf eine Burg hin – ein ziemlich profaner Bau. Die beiden gut frisierten Freunde konstatierten jedoch keine Burg in dem Gebäude, sondern einen Bau von sakraler Natur. Letztendlich muss man sagen: Der Reiseführer war sich zwar sicher, dass es sich um Burgen handelte, aber die Typen mit dem ___ ___ ___ ___.

Alicante – Ali Kannte

20) „Um einen erneuten Vulkanausbruch zu vermeiden“, dachte sich eine naive Blondine, „reicht es doch völlig aus, wenn ich mit einem Eimer Wasser das ____ ____.“

Gelsenkirchen – Gel seh'n Kirchen

21) In Abwesenheit von Momo telefonierten Beppo und Gigi mal wieder miteinander. Beppo fragte: „Was machst du, Gigi?“ „Ich erzähle den Menschen just in diesem Moment Geschichten über unsere tolle Stadt. Und was machst du?“ Da antwortete Beppo: „Ich ____ ____ ____.“

Loch Ness – Loch nass

22) Nun, manche Städte verdanken ihren Namen oftmals lustigen Einfällen ihrer Bewohner. Im fernen Asien trafen sich zwei Friseure nach ihrem Feierabend, um gemeinsam mit ihren Handwerksutensilien zu werfen. Im Verlauf dieses Spieles versuchten sie, damit so nah wie möglich an das zuerst geworfene Utensil zu gelangen. Als ein Kunde sie fragte, wie denn dieses Spiel heißen würde, da antworteten sie: „____ ____ ____."

Kerkrade – Kehr gerade

23) Zwei befreundete, sportive Kreativköpfe trafen sich wieder einmal zum Bowlingspiel. Allerdings stellten die beiden Kollegen fest, dass der Spaß im Lauf der Zeit ein wenig verloren gegangen war. So beschlossen sie gemeinsam, fortan das Reglement zu ändern. Von nun an warfen sie ihren Schlüsselbund auf die Bahn und versuchten, mit den Kugeln so nah wie möglich an diesen heranzukommen. Der Bahnbetreiber beobachtete das skurrile Treiben eine Weile und merkte dann etwas kritisch an: „Jungs, das ist ja wohl nun kein Bowling mehr, oder?“ Die beiden antworteten gelassen: „Nö, dat ____ ____ ____.“

Kambodscha – Kamm-Boccia

24) Zwei Aktionäre unterhielten sich über die Börsenkurse. Der eine beklagte, dass er, nachdem er immer mal wieder kurzzeitig in Audi oder VW investiert hatte, seit geraumer Zeit einfach keine Gewinne mehr verzeichnen könne. Da sagte der andere: „Du bist ja auch bescheuert. Mach's besser wie ich. Deutsche Autos sind ja schon in Ordnung. Aber das Geheimnis liegt in der Beharrlichkeit. Ich investiere seit Jahren ____ ____ ____ ____ ____."

Istanbul – ist dann Boule

25) Im Zuge der Wirtschaftskrise mussten auch viele Produktionsbetriebe für maritimes Zubehör die Schotten dicht machen. Blöd für die Seefahrer. Früher konnte man die schweren Stahlketten ja einfach auf den Grund fallen lassen, wenn das Schiff anlegen sollte. Aber heutzutage sind ____ ____ ____.

Konstantinopel – konstant in Opel

26) „Mit Verlaub, aber Ihre Kinder sind völlig frech“, sprach die rechthaberische Mutter auf dem Spielplatz zu ihrer Banknachbarin. „Na, hören Sie mal“, erwiderte diese, „das ist ja wohl die Höhe. Schauen Sie sich doch mal Ihr verzogenes ___ ___.“

Ankara – Anker rar

27) „Sieh nur …“, sprach die hübsche Französin in ihrem typischen Akzent, als sie den mit kleinen Nagetieren vollgestopften Fluss erblickte, dessen Wasser nun seit einiger Zeit auf der Stelle verharrte: „Ein ___ ___ ___!“

Belken – Belg en

28) Nachdem man der Familie eines berühmten Hollywoodschauspielers aufgrund zunehmender Geldnot einen Bankkredit für den Hausbau verwehrte, fragte diese einen befreundeten Millionär, ob er beim Kauf die Haftung für sie übernehmen könne. Nachdem er dies jedoch verweigerte, erzählte er einem Freund davon. „Was bilden die sich eigentlich ein? Du glaubst doch nicht im Ernst, dass ich für die ___ ___?!“

Amsterdam – Hamster-Damm

(französisch betont)

29) Ein Bauer, seines Zeichens großer Freund von tiefsinnig anmutender spiritueller Musik und allgemeingültiger Literatur, benannte viele seiner Tiere nach seinen Lieblingskünstlern. Seine Kuh zum Beispiel hieß Xavier und seine ___ ___ ___ ___.

Pittsburgh – Pitts bürg

30) Antoine de Saint-Exupéry schrieb nach seinem berühmten Klassiker noch eine Art Fortsetzungsroman. Dieser wurde jedoch nie bekannt, weil er so gut wie keine Handlung besaß und wirklich sehr, sehr langweilig war. Der Hauptdarsteller saß den ganzen Tag in der Postzentrale und kontrollierte die frankierten Briefumschläge auf ihre Richtigkeit. Veröffentlicht wurde dieses Buch nie. Aber wahre Fans kennen die Geschichte vom ___ ___ ___.

Sao Paulo – San Paolo

Schwierigkeitsstufe III

31) Ein Hund, eine Katze und ein Elch spielten gemeinsam Fußball im Dorfverein der hiesigen Bezirksliga. Während des Spiels kam es mal wieder zu allerhand Raufhändeleien. „Pass doch auf mit deinen Grätschen, bell“, beschwerte sich der Hund. „Und du hör auf mit den Ellenbogenchecks, miau“, klagte die wehleidige Katze. Der Elch hingegen gab sich weise und versuchte die Situation zu schlichten. „Freunde, von nun an spielen wir lieber ___ ___!“

Port-au-Prince – Porto-Prince

32) Zwei Amerikaner gingen in einem verruchten Teil der Innenstadt spazieren, als sie in einer kleinen Gasse eine Dame erblickten, die auf offener Straße ihre Liebesdienste feilbot. „Oh“, vermutete der eine. „Have a look. ___ ___ ___.“

Färöer – fair, röhr!

33) Ein Trupp junger Gärtner war damit beauftragt, den Hafen des hiesigen Segelclubs zu warten. „Hach“, sprach der eine hoch motiviert, „nachdem ich nun den Kai gemäht und den Steg gestutzt habe, wird es doch allerhöchste Zeit, dass ich den ____ ____ ____.“

Itzehoe – It's a hoe

34) Vor vielen Jahren gab es in einer Stadt weder Fleisch noch Fisch, einzig die Kartoffeln dienten den Menschen als Grundnahrung. Da die Menschen ausgerechnet hier evolutionsbedingt noch keine Zähne vorweisen konnten, waren sie gezwungen, die Kartoffeln zu stampfen. Da ihnen aber ein Bindemittel fehlte, zerbröselte der Teig stets und konnte somit nicht richtig verzehrt werden. Aber eine Schneiderin, die im Dorf ansässig war, wusste dem Problem mit ihren Kompetenzen Abhilfe zu schaffen, denn sie konnte ___ ___ ___ ___.

Pirmasens – Pier ma' sens

35) Eine junge Dame eröffnete in Chemnitz ein Geschäft, wo sie ausschließlich getrocknete Gewürzpflanzen verkaufte. Der erste Kunde zeigte sich schier begeistert und sagte freundlich zu ihr: „Dös ist ja schön, döss hier endlich mal jömand ____ ____ ____.“

Pyrenäen – Püree nähen

36) Ein Hamburger machte einst mit einer Geschäftsidee auf sich aufmerksam. Da es ihm missfiel, dass die Menschen immer aus Flaschen tranken und sie bei dieser Tätigkeit stets ihren Hals nach hinten dehnen mussten, erfand er ein Gerät, womit die Menschen direkt aus der Flasche trinken konnten, ohne diese an den Mund führen zu müssen. Da es zu dieser Zeit noch kein Plastik gab, höhlte er einen Ast von innen aus und steckte diesen in den Flaschenhals, damit die Menschen daraus saugen konnten. Als er seine Erfindung beim Patentamt vorstellte, sagte er im typischen Dialekt: „Dies ist der sogenannte ___ ___."

Greuther Fürth – Kräuter führt

37) Auch einige lange Jahre nach der Geburt konnte der kleine Max nicht einen Ansatz von Flaum auf seinem Haupt aufweisen. Die Mutter ging mit Max schließlich zu einem Kölner Arzt. Dieser begutachtete das Problem und stellte anschließend fest: „Zehn Finger sind da. Er hat also an der Hand eine chromosomische Fingerveranlagung. Zehn Zehen sind auch da. Am Fuß hat er folgerichtig eine evolutionär bedingte Zehenveranlagung. Aber der Schädel? Wirklich seltsam. Ich schätze, ihm fehlt auf dem ____ ____ ____ ____."

Stockholm – Stock-Halm (nordisch betont)

38) Wintersportsaison in den Alpen. Zwei englische Muttersprachler, die nun schon seit einiger Zeit in Deutschland lebten, waren auf ihren Brettern unterwegs. „Auf diesem Snowboard werde ich in diesem Leben kein Held mehr“, klagte einer der beiden. Sein Freund, der lieber auf zwei Brettern unterwegs war, reichte ihm diese und gab ihm den Tipp: „Probiere den ___ ___ ___ ___.“

Kopenhagen – Kopp 'n Haar-Gen

39) Ein Sachse bestellt sich kurz nach dem Mauerfall ein neues Auto aus dem Westen und wundert sich nach einer längeren Zeit, dass das Kleinwagenmodell noch nicht geliefert wurde. Nostalgisch denkt er nun an die alten Zeiten des Trabants zurück und sagt sich: „Mensch, dös hat ja schon früher beim Trabi sö lönge gedauert, öber jetzt brauchen diese unfähigen Lieferanten bei VW sogar beim ___ ___ ___."

Hiroshima – Hero-Ski ma,

40) Zwei Freunde der Grillkultur frönten ihrem Hobby in Vulkannähe. Dieses Unterfangen sollte sich aber als äußerst schwierig erweisen. Immer wieder landeten Glut und allerlei Schmand auf dem Rost. Bauchspeck, Bratwürste und Nackensteaks wurden so ungenießbar. „Nun“, stellte der eine fest, „eigentlich wollt’ ich Fleisch erhitzen, aber alles wat ich ___ ___ ___ ___.“

Bologna – Polo ’n Jahr (ostdeutscher Dialekt)

41) Dass sie heute eine berühmte Sängerin ist, verdankt Frau Müller nur ihrem Vater. Im Alter von 7 Jahren möchte das junge Mädchen auf eine Karaoke-Party gehen und bittet die Eltern um Erlaubnis. Die Mama verbietet es ihr. Aber ____ ____ ____ ____.

Bratislava – brat is, Lava

42) Um den Zigarettenautomaten zu überlisten, wollte Kevin damals in den 90er Jahren minderwertige Geldstücke pressen, um eine Fünfer-Münze zu simulieren. Nachdem er mehrmals mit dem Hammer auf die Münze einschlug, passierte nicht viel, also spannte er einen Trupp Pferde mit Seilen an das Geldstück und ließ diese in jeweils verschiedene Richtungen losgaloppieren, so wie es damals bei Hinrichtungen üblich war. Als eine Kuh des Weges kam, fragte sie die Pferde, was diese da für einen Schabernack treiben würden. Eins erwiderte spontan: „Ich ___ ___ ___.“

Palästina – Pa lässt Ina

43) Ein Mann sorgte im Rahmen eines Fußballspiels für Schlagzeilen, als er sich während der Nationalhymne vor die nebeneinander stehenden Spieler seiner Lieblingsmannschaft kniete und mit den Lippen ihre Waden abschmatzte. In einem Interview erzählte er, dass er auf dem Weg zum Stadion eine Wette verloren hätte und deswegen allen ___ ___ ___ ___ ___.

Dänemark – dehn, ne Mark

44) Ein Linguist wollte mit dem Rauchen aufhören. Um etwas gegen seine stetige Nervosität zu tun, kam es oft vor, dass er Notizen zu Dativ- und Akkusativforschung in den Mund nahm und somit die Lutschdrops ersetzte, gegen die er allergisch war. Wenn man ihn irritiert fragte, was er da tun würde, dann antwortete er stets: „Na, ich ___ ___ ___."

Elfenbeinküste – Elf 'n Bein küsste

45) „Also, Teddy B und Teddy C kann ich noch nicht genau zuordnen“, sagte Julia bei der Fundstelle für vermisste Plüschtiere, als man ihr drei Varianten gefundener Kuscheltiere zur Auswahl stellte. „Aber ich ___ ___ ___.“

Kaukasus – kau Kasus

46) Ein bayrischer Malermeister, der gerade mit dem Pinsel einzelne Grashalme detailgenau auf die Leinwand auftrug, sagte zu seinen Schülern: „Mir ist egal, was ihr jetzt zeichnet, aba i ___ ___ ___ ___."

Canberra – Kenn Bär A

47) Eine bekannte Musikerin gab ein Interview für die *Bravo*. „Sagen Sie mal, benutzen Sie eigentlich Filtergeräte oder einen Verstärker auf der Bühne, wenn Sie auf den Konzerten ihre Lieder trällern?“ „Nein“, sagte die stolze Sängerin, „ich ___ ___ ___.“

Malawi-See – mal a Wiese

48) „___ ___ ___ ___“, sagte der Münchener Landschaftszeichner, als man ihm ein angebliches Plagiat seiner Kunst vor Augen hielt. Der ebenfalls aus Bayern stammende Angeklagte gab zu Protokoll: „Also, Sie sind ja auch bei weitem nicht der einzige ___ ___ ___ ___!“

Singapur – sing gar pur

49) „Ganz schön langweilig hier in der Verpackung“, sagt das eine Wattestäbchen zum anderen. „Keine Sorge“, sagt das andere, „da kommt wieder einer ins Badezimmer. Mit etwas Glück können wir bald unserer Bestimmung nachgehen. Vielleicht sind wir ____ ____ ____.“

Somalia/Guatemala – so mal ich auch/
gute Maler (bayrisch)

50) Ein willkürlicher Passant trifft in der Stadt auf Boris Becker. „Sie kenne ich doch vom Federball.“ Da erwidert Herr Becker erbost: „Das heißt ____ ____ ____ Arschloch.“

Baltimore – bald im Ohr

51) Geschäftspartner eines internationalen Franchise-Unternehmens treffen sich in einem Londoner Restaurant, um über die neuesten Entwicklungen zu plaudern. „Können wir uns die Rechnung teilen?“, fragt Herr Miller seinen chinesischen Kollegen, dessen englische Grammatikkompetenzen doch eher suboptimal sind. „No“, erwidert dieser, „I ___ ___ ___.“

Tennessee – Tennis, Sie ...

52) Kurz vor Weihnachten bemerkt der junge Familienvater, dass alle Weihnachtsbaumgeschäfte bereits geschlossen haben. Als gelernter Restaurateur und guter Freund solider Nachhaltigkeit sollte ihm diese Tatsache aber nicht das Fest versauen, denn immerhin standen die kümmerlichen Relikte des Vorjahresbaums noch im Keller. So sprach er also: „Nun, da bleibt mir wohl nichts anderes übrig. Die einzige Möglichkeit scheint mir, dass ich die alte ____ ____ ____."

Tschernobyl – share no pill

53) Völlig erschöpft und kraftlos gingen Frau Pooth und Frau Schweins nach einem gemeinsamen Drehtag spazieren. Das war heute eindeutig nicht ihr Tag. Frau Schweins konfrontierte Frau Pooth nun mit ihrer mangelnden Motivation. „Du warst heute ja nicht so ganz bei der Sache, Verona.“ Einsichtig antworte diese: „Ach, weißt du ... ich wünschte, ich könnte arbeiten wie eine Maschine. Aber ich bin doch auch nur ein ___ ___ ___.“

Tansania – Tanu, sanier

54) Drei Freundinnen treffen sich zum gemeinsamen Kochabend bei Viviane. Während nun alle gemeinsam tüchtig das Mahl vorbereiten, fragt Viviane ihre Freundin Daniela: „Dan, gibst du mir mal bitte das scharfe Messer?“ Danach fordert Daniela von Elisabeth: „Elli, reich mir doch mal bitte den Pfannenwender.“ Petra, die bereits fleißig den Tisch deckt, fragt: „Wo sind hier denn eigentlich die ____ ____ ____?“

Manchester – Mensch, Esther

55) „*Braveheart* müsste ich mir ja eigentlich wirklich mal anschauen“, dachte sich der enttäuschte Filmfreund, während er so durch eine New Yorker Videothek trottete. Aber der Hauptdarsteller war ihm seit *Die Passion Christi* absolut verhasst. Konsequent wie er war, nahm er die DVD aus dem Regal, goss Benzin darüber, entzündete ein Streichholz und schrie wie besessen: „____ ____!“

Tel Aviv – Teller, Viv

56) Die Herren Bierhoff und Kahn planten bereits während ihrer aktiven Laufbahn immer wieder mal kleine Kurzausflüge mit der Nationalmannschaft. Da die beiden auf diese Weise frühzeitig ein Talent für Organisation entwickelten, gründeten sie nach ihrer Sportlerkarriere ein eigenes gemeinsam geführtes Reisebüro. In der Stadt verbreitete sich die Neuigkeit wie ein Lauffeuer und so erzählte man jedem: „Wenn ihr eine kurze Reise buchen wollt, dann geht am besten zu den ___ ___ ___."

Melbourne – Mel, burn!

57) Eine Auswahl der deutschen Fernsehmoderatoren traf sich einmal im Jahr zu einem Benefiz-Fußballspiel. Einer von ihnen, ein besonders unsympathischer und aalglatter Zeitgenosse, beging im Spiel ein besonders grobes Foul. Der Schiedsrichter wollte ihn eigentlich nur verwarnen und holte bereits die gelbe Karte aus der Brusttasche. Aber der bayrische Linienrichter hatte die Szene besser gesehen und riet zu härteren Maßnahmen. Er holte den Schiri zu sich an den Spielfeldrand und sagte: „Gib dem ____ ____ ____ ____.“

Tripolis – Trip-Ollis

58) Ein frustrierter Besucher von *The Dome* schüttete aus Langeweile diverse Getränke über die Köpfe von Prominenten, die seiner Meinung nach eine schlechte Performance ablieferten. Zuerst mussten die *No Angels* dran glauben. Diese hatten noch Glück, da der Mann lediglich stilles Wasser verwendete. Aber als eine Sängerin gerade *Let's Get Back to Bed – Boy!* anstimmte, griff der zornige Herr zum Rotwein. Am nächsten Tag stand in der Zeitung: „Erst war's nur Wasser, aber über ___ ___ ___ ___ Rotwein."

Lanzarote – Lanz a (eine) Rote (bayrisch)

59) Zwei Scheiche unterhalten sich während eines gemeinsamen Wüstenausritts über Getränke. „Bei Hitze“, beschreibt einer von ihnen, „ziehe ich zur Erfrischung am liebsten ____ ____ ____.“

Saragossa – Sarah goss er

60) Auf einem Konzil unterhalten sich hohe Geistliche über die Stärken und Schwächen des klerikalen Personals. Auf einmal meldet sich einer zu Wort und sagt: „Wenn es um die solide Assistenz bei großen Messen geht, kannst du dich auf die Messdiener echt nicht verlassen. Oft sind die zu jung und nicht aufmerksam genug. Seit ich das festgestellt habe, hole ich mir zu solchen Veranstaltungen ____ ____ ____."

Teheran – Tee heran

Schwierigkeitsstufe IV

61) Die Kinder der kleinen Orcas müssen sich oftmals lautstark amüsieren und herzlich grinsen, wenn sie frisch aus ihren Geburtsbehältnissen schlüpfen, da die Kalkschalen nach neuesten wissenschaftlichen Erkenntnissen Spuren von euphorisierendem Rauschgift aufweisen. Man spricht deswegen auch vom sogenannten

___ ___ ___.

Libanon – lieber Nonn, (Nonnen)

62) Kurz nach der Inventur unterhielten sich zwei anglophile Kölner Schreibwarenhändler und resümierten: „Ich habe scheinbar einen *biro* mehr als gedacht", sagte einer der beiden. Der andere hingegen musste leider einen Verlust feststellten und erwiderte folglich: „Hmm, also ich glaube, ich hab einen ___ ___ ___ ___ ___."

Walachei – Wal-lach-Ei!

63) Stuttgart, Januar, tiefster Winterfrost. „Warum fährst du nicht schneller?“, fragte die Beifahrerin ihren schwäbischen Mann, der gerade mit Tempo 40 gemächlich auf der rechten Spur entlangfuhr. Dieser antwortete sichtlich genervt: „Na, weil die ___ ___ ___.“

Pennsylvania – pencil weniger

(kölscher Dialekt)

64) Absurde unbekannte Berufe. Die einzige Person, die befugt ist, jemandem das Selektionsrecht wieder zu verweigern, ist der sogenannte ___ ___ ___ ___.

Bangladesch – Bahn glatt ist
(schwäbischer Dialekt)

65) Aus religiösen Gründen war es einst verpönt, Schuhe in der Öffentlichkeit zu tragen. Nachdem aber nun ein neuer Pastor in die Gemeinde einzog, führte er die Regel ein, dass die Menschen zu seinem einmal in der Woche stattfindenden kirchlichen Zeremoniell Fußkleider zur Verfügung gestellt bekommen. Er stellte die Fußkleider paarweise vor die Kirchentür und installierte darüber ein Schild, auf dem folgende Worte standen: „Bedient euch der ___ ___ ___ ___."

Valencia – Wahl-Entzieher

66) Sachen gibt's. Neulich wurden zwei alte Damen gefilmt, als sie mühselig kleine Körner vom Brötchen abknibbelten, um daraus anschließend berauschende Heißgetränke herzustellen. In der Drogenszene sprach sich dies eigentlich bekannte Verfahren natürlich umgehend herum. Und so landete der Film recht zügig auf dem Index. Bis heute warnt man noch vor dem berüchtigten ___ ___ ___ ___ ___.

Massachusetts – Messe-Schuh-Sets

67) Mitte der 90er waren die öffentlichen Einzelbewertungen von Fußballspielern besonders vernichtend. Nach dem Derby gegen den MSV Duisburg kam lediglich Dariusz als einziger ungeschoren davon. Den anderen Spielern des VFL Bochum wurde im Pressebericht allgemeine läuferische Instabilität vorgeworfen. Wörtlich hieß es, dass alle außer ___ ___ ___.

Montevideo – Mohn-Tee-Video

68) Zwei Bayern blickten sich verwundert um, nachdem sie niemanden in der scheinbar unbewohnten Stadt vorfanden, und stellten dann fest: „____ ____ ____.“

Washington – Wosz hinkten

69) Um seinen pubertierenden, rebellierenden und widerwilligen Sohn pädagogisch wertvoll zu maßregeln, überlegte sich ein Vater folgende Erziehungsmaßnahme für den frechen Dreizehnjährigen: Er gab ihm das Taschengeld statt in der üblichen Währungseinheit fortan in einer fernöstlichen Variante, damit dieser lernen konnte, besser zu kalkulieren und das Geld nicht sofort auszugeben. Man kann also zusammenfassen: Der Vater gab dem

____ ____ ____ ____ ____.

Kanada – Keiner da (polnisch)

70) Zwei Währungseinheiten wurden in einer Kurzgeschichte personifiziert. So weit, so gut. Im Verlauf der Handlung war einer der beiden jedenfalls gerade mit der Gartenarbeit beschäftigt, als der andere ihn laut anschrie. Daraufhin verlor er die Nerven und schrie aus voller Kehle: „Jetzt lass mich doch endlich mal in ___ ___ ___."

Argentinien – argen Teenie Yen

71) „Du solltest dich dringend mal wieder von Kopf bis Fuß reinigen“, sagte Natalie zu ihrem Mann Jean-Pierre, der sich bis heute nie von seinem französischen Akzent befreien konnte. „Das geht nischt“, antwortete er. „Isch ’abe doch eine Gips am Bein. Es wäre wag’alsig, damit in die Dusche zu gehen. Es ist ja schon in der ___ ___ ___ ___.“

Rumänien – Ruh, mäh’n, Yen

72) Lustige Anekdote. Eine bestimmte Nagetiergattung hat sich häufig knabbernd an Benzinleitungen zu schaffen gemacht. Irgendwann hat man diese Tiere mit den eigenen Waffen geschlagen und ihre analen Ausdünstungen zur Treibstoffgewinnung benutzt. Dieses deutsche Patent wurde von den Amerikanern für viel Geld gekauft. Neben „Kindergarten“ und „Blitzkrieg“ hat nun auch ein weiterer deutscher Begriff Einzug in den tagtäglichen Sprachgebrauch gefunden. So gibt es dort bis heute neben den Diesel- und Benzinfahrzeugen auch das ____ ____ ____ ____.

Wanne-Eickel – Wanne (h)eikel
(französische Aussprache)

73) Erfolg schafft Neider. Im Rahmen der technischen Revolution des Nagetier-Ausdünstungs-Sprits zog ein Amerikaner vor Gericht und behauptete, dass er dieselbe Idee bereits vorher hatte. Nur dass das Tier in seinem Fall ein ___ ___ ___."

Madagaskar – Marder-Gas-Car

74) Der Berliner Autor und Kabarettist Marc-Uwe sowie sein Kollege Volker hatten genug von der Menschheit und zogen in den Wald zu den Tieren. Ein Veranstalter vermisste die beiden recht arg und zog los, um sie zu suchen. Nachdem er schließlich alle Tiere des Waldes befragt und erste Aufenthaltshinweise erhalten hatte, schlussfolgerte er: „Nun gut, beim Hirsch wohnt Pispers. Ich schätze, dann wird beim ___ ___ ___ ___."

Ottawa - Otter war

75) Der ehemalige Talkshowmoderator Andreas und sein TV-Kollege Kachelmann wurden nach ihrem Gefängnisaufenthalt zu Resozialisierungszwecken im botanischen Garten der Stadt angestellt. Nachdem der Chef schimpfte, dass das Gras mal wieder viel zu lang sei, weil der zuarbeitende Praktikant wohl geschlafen hätte, wollte sich Kachelmann beliebt machen. Er zeigte auf sich und seinen Kollegen und sagte mit seinem typischen Sprachfehler, bei dem er die Umlautpünktchen manchmal vergisst: „Ach, kein Problem. Ich und ____ ____ ____ ____."

Recklinghausen – Reh Kling hausen

76) „Soll ich dir mal mein neues ferngesteuertes Auto vorführen?“, fragte der kleine Fabian seinen besten Freund Ulf. „Ich müsste allerdings erst nach Hause. Ich glaub, es steht in meinem Zimmer.“ Ulf bejahte dies natürlich und erwiderte voller Freude: „____ ____ ____ ____.“

Turkmenistan – Turk mäh'n es dann

77) Ein Stabhochspringer konnte aufgrund seiner bizarren Grifftechnik auch nach vielen Jahren keinerlei Erfolge aufweisen und scheiterte immer wieder an der Latte, egal wie tief sie auch hing. „Na ja“, sagte ein neutraler Beobachter, „es ist eine schiere Freude, ihm beim Scheitern zuzuschauen. Diese Grifftechnik! Äußerst süffisant. Also, der Anlauf, der sieht bei anderen auch nicht viel eleganter aus. Aber man muss schon sagen ... den Stab, ____ ____ ____ wie kein Zweiter.“

Oklahoma – Oh, klar, ho(l) ma,

78) Nachdem der zoologische Garten aufgrund rigider Sparmaßnahmen der Behörden geschlossen werden musste, versuchte man, die Tiere in das normale Stadtleben zu integrieren und gewährte ihnen Zutritt zu allen öffentlichen Anstalten. „Warum sitzen denn hier so viele speichelspritzende Säugetiere in diesem Whirlpool?“, fragte ein verwirrter Badegast. Da antwortete der deutsch-türkische Angestellte des Schwimmbades: „___ ___ ___ ___.“

Den Helder – den hält er

79) Im Aquarium herrschte mal wieder Zank und Zwietracht. Alle Fische tobten und balgten miteinander. Um die Situation zu deeskalieren, schwamm ein Buntbarsch zu dem als Streitschlichter bekannten Saugnapftierchen, das gerade emsig die Scheibe säuberte, und rief leicht lispelnd: „Hey, kannst du mal kurz ___ ___ ___?“

Islamabad – Is Lama-Bad

80) Für die Verfilmung des Dschungelbuchs wurden mehrere Szenen aus dem Original-Drehbuch kurzfristig herausgeschnitten. Dieses hier wissen folglich nur wahre Kenner: Balu wollte Baghira einst einen Witz erzählen, den er einige Tage zuvor von der Schlange aufgeschnappt hatte. Nachdem er sich aber immer wieder verhaspelte und es ihm partout nicht gelingen wollte, den Witz in all seiner Vollständigkeit zu wiederholen, schaute er die Schlange hilfesuchend an und forderte diese auf: „____ ____ ____ lieber selbst."

Commonwealth – kommen, Wels (lispelnd)

81) „Möchtest du was essen? Du siehst mir so aus, als würdest du dringend ein paar Proteine benötigen“, fragte der Bodybuilder seinen Kumpel, der gerade in der Diskothek zur Musik von den *Rolling Stones* abtanzte. „Nee“, erwiderte dieser, „gleich esse ich ein ___ ___ ___ ich hier die Hütte.“

Kasachstan – Ka, sach's dann

(Ka, sag es dann)

82) Ein gebürtig aus Sachsen stammender Ölscheich verweigerte anhaltend die traditionelle arabische Kopfbedeckung und wurde aufgrund seines mangelnden Integrationswillens von den Medien angeprangert. Dies konnte doch nun wahrlich nicht angehen. Als trendbewusster, Rap-affiner und adoleszent anmutender Scheich bekannte er in einer öffentlichen Stellungnahme voller Stolz: „Ich trag halt lieber ____ ____ ____ ____.“ *(2 Städte)*

Ayers Rock – Ei, ers(t) rock

83) Ein Bauer war einst für eine besondere Marotte bekannt. Als ein sehr begeisterungsfähiger und mitteilungsbedürftiger Mensch erfreute er sich vieler alltäglicher Geschehnisse. Infolgedessen beendete er jeden Satz mit einem deutlichen Ausruf des Erstaunens. Als sich eines Tages eine riesige Menschenmenge auf seinem gepflügten Felde versammelte, rief er seiner Frau zu: „Mensch, sieh mal dort, ein ___ ___ ___ ___!“

Kapstadt/Durban – Cap statt Turban

(ostdeutscher Dialekt)

84) Zwei Münchener Freundinnen gingen gemeinsam in die Stadt, um ihre akute Kaufsucht zu befriedigen, als sie in einem Schaufenster ein schönes Paar Winterstiefel entdeckten. Im Geschäft selbst erfuhren sie dann, dass es sich bei den auserwählten Stiefeln um das letzte Paar handeln würde. Auch im Lager seien keine Exemplare mehr vorrätig. Da fingen die beiden Frauen an zu streiten. „I möchte die Stiefel unbedingt hoaben“, sagte die eine. Da erwiderte ihre Freundin: „Aba i ____ ____ ____ ____.“

Acapulco – Acker-Pulk, oh!

85) In Alaska hat man nun extra für die Kinder der großen pelzigen Eisbewohner triangelförmige Verkehrsschilder aufgestellt, damit die Kinder leichter nach Hause finden. Auf diesem Schild ist die weibliche Parentalgeneration der Pelztiere abgebildet. Man spricht auch vom sogenannten ____ ____ ____ ____ ____.

Mogadischu – mag auch die Schuh,
(bayrischer Dialekt)

86) Nachdem die anspruchsvolle und verwöhnte Tochter seit nun mehreren Jahren nicht mit ihrer Geschenkeausbeute zufrieden war, hatte der wohlhabende Vater sich etwas ganz Besonderes überlegt. Diesmal sollte es etwas ganz Luxuriöses sein. Und so bekam das junge Mädchen zu ihrem diesjährigen Geburtstag eine Handvoll Prinzen geschenkt. Scheinbar war sie mit der Menge jedoch leicht überfordert. Als sie die fünf Herren vor ihrer Türe erblickte, sagte sie missmutig zu ihrem Vater: „Mensch, das ist aber ___ ___ ___ ___ hätten mir genügt.“

Bermuda-Dreieck – Bär-Mudda-Dreieck

(Mudda = Mutter)

87) Ein Mann aus einfachen Verhältnissen war zu Gast auf dem Wiener Opernball. Da er die feine Gesellschaft auf den Tod nicht ausstehen konnte, kippte er von der Brüstung der oberen Ränge aus ein Glas Rotwein über zwei junge Verliebte, die gerade eng umschlungen einen Walzer tanzten. Als ein heimlicher Beobachter den Mann einen Tag später darauf ansprach, argumentierte dieser: „Nun, schauen Sie doch. Diese pikfeinen Menschen! Ich verachte sie gerade auf solchen speziellen Anlässen. Besonders die jungen Verliebten! Das ist der einzige Grund, warum ich den Rotwein über das ___ ___ ___ ___."

Philadelphia – viel Adel. Vier.

88) Die Klitschko-Brüder waren mit ihrem Hund unterwegs. Dieser sollte nun endlich die hohe Kunst des Apportierens erlernen. Als Vitali den dicken Zweig fortwarf, unterschätzte er seine Kraft. Selbst der Hund konnte ihn nicht mehr finden. Verzweifelt fragte er seinen Bruder um Rat: „___ ___ ___ ___?“

Galapagos – Gala-Paar goss

89) „Könnten Sie bitte noch mal zurückkommen?“, forderte die Bankangestellte den Kunden auf. Sie glaubte, dass sie ihm ein falsches Dokument ausgestellt hatte, und wollte die Richtigkeit nun nochmals überprüfen. „Warum?“, wollte der verwirrte Kunde wissen. Da antwortete sie: „Na, weil ich noch mal den ___ ___ ___.“

Wladiwostok – Vladi, wo's Stock?

90) Zwei modebegeisterte Frauen gehen in einen Haute-Couture-Laden und unterhalten sich mit der Verkäuferin. Diese gibt den Mädels den heißen Tipp, dass man die wertvollen und modischen Stücke, inklusive der Unterwäsche, auch für einen gewissen Preis borgen könne. Daraufhin kommt eine weitere Kundin herein, die erzählt, dass sie einen tollen BH aus einer Kollektion geborgt habe, den sie nun kaufen wolle. Die beiden anderen Frauen sind sofort an dem Stück interessiert und fragen die dritte Kundin: „Würden Sie uns freundlicherweise sagen, welchen ____ ____ ____ ____?“

Jacksonville – Scheck seh'n will

91) Die alten Griechen trafen sich mit den Römern und unterhielten sich über die hiesigen Kulturgepflogenheiten. Ein Römer sprach: „Wir lauschen in letzter Zeit vermehrt den kommerziellen Klängen des Jazz am Kolosseum. Und wie sieht es bei euch aus?“ Da konnten die alternativen Griechen nur lachen. Wenn sie sich eines nicht vorwerfen lassen wollten, dann, mit dem Strom der Masse zu schwimmen. Herodot klärte die Römer schließlich auf und sprach: „Macht ihr, was ihr wollt. Wir hören ___ ___ ___ ___ ___ ___.“

Brasilien – Bra Sie lieben

Schwierigkeitsstufe V

92) Herr Pflaume, seines Zeichens Moderator, und sein Geliebter namentlich Siegfried gingen an einem sonnigen Wintertage spazieren. Um seinem Lebensabschnittspartner zu imponieren, urinierte Siegfried aus voller Blase ein Portrait von Fidel Castro in den Schnee. Herr Pflaume zeigte sich zwar anfangs tief beeindruckt, konterte aber spontan, indem er ein Bild des Revolutionsführers Guevara in den Schnee kotete. Ein Förster kam des Weges und brachte die beiden zur hiesigen Polizei. Beim Verhör gestand Siegfried seine schändliche Tat und beichtete: „Ich gestehe freiwillig, dass ich *Fidel* in den Schnee gepinkelt habe. Aber ____ ____ ____ ____ ____.“

Indianapolis – Indie an' ner Polis

93) Ein Bayer hatte es sich zur Aufgabe gemacht, eine besondere Art des Ritualmordes zu betreiben: Einzelne Organe oder Körperteile werden an den lebendigen Opfern *geschändet* beziehungsweise kulinarisch zubereitet und danach unmittelbar verzehrt. So pflegte der grausame Mörder einst einem Bekannten zu erzählen: „I hob früher scho' einige Fingernägel zuerst durchgegart und Wimpern erst einmal gekocht und dann erst getötet. Aber mittlerweile? Na ja, es kommt zwar selten vor, aber ab und zu, da ____ ____ ____ ____ ____.“

Tschechoslowakei – Che schiss Lover Kai!

94) Zwei Basketballer wurden im Zuge einer Disziplinarstrafe mit einer schwierigen Aufgabe vertraut gemacht. Sie mussten ein Boot an den Steg ziehen, ohne dass die betrunkene Frau, welche zuvor am Rande des Bootes positioniert wurde, dabei ins Wasser fallen würde. Mr. Rodman probierte es immer wieder, doch scheiterte kläglich. „Lass mich mal machen, Den.“ Nun probierte es Mr. Bryant. Nachdem aber auch er immer wieder zu ruckartig das Seil bewegte und die Frau ständig ins Wasser plumpste, gab Mr. Rodman seinem Kumpel den Tipp: „Es geht besser, wenn du das Boot ganz ___ ___ ___ ___. (-t)“

(bayrisch)

Kilimandscharo – kill ich manch Haar rop

95) Eine Airline hat sich aus ernährungsmoralischen Gründen auf gesunde Bordnahrung spezialisiert. Eine Stewardess wurde mit der Aufgabe betraut, den ganzen Tag lang die Haut von Zitrusfrüchten zu entfernen. An einem Tage musste sie doch tatsächlich sieben Stunden lang Orangen und Zitronen pellen. Während der Pilot nun aber das Flugzeug gen Boden manövrierte, bekam er plötzlich eine Art Midlife-Crisis. Mitten im absinkenden Flug ging er zu der Flugbegleiterin und sagte: „Lassen Sie uns bitte für heute den Job tauschen.“ Die Stewardess hingegen war damit so gar nicht einverstanden und erwiderte höflich: „Nein, das bleibt hier alles beim Alten. Jeder nach seiner Kompetenz. Ich ___ ___ ___ ___.“

San Francisco – sauf(t) ranziehs(t), Ko

96) Jahrelang bekam die schüchterne und devote Ehefrau zuhause den Mund nicht auf, obwohl sie sich doch so sehr herbeisehnte, dass sich ihr Mann endlich mal am Haushalt beteiligen würde. Nachdem dieser aber erst stundenlang zusah, wie seine Frau die Kartoffeln pellte, und dann auch noch vorlaut sprach: „Geht das nicht schneller?“, nahm sie all ihren Mut zusammen und erwiderte fest entsch____ ____: ____ ____ doch selbst.“

Chelsea London – schäl, Sie landen

97) Im Himmelsreich der Tiere war mal wieder Arbeits-Börse. Der Religionsstand wurde dieses Jahr von einem Schwein betreut. Als dann die alphabetisch sortierten Kirchenangestellten vermittelt werden sollten, sprach ein Kunde der bayrischen Kirche zu seinem israelischen Kollegen: „Ich würde an deiner Stelle ganz schnell bei Priester M zugreifen, sonst gibt die ___ ___ ___ ___ ___ ___."

Los Angeles – (entsch)lossen schäl, es

98) Ein türkischer Bauer, der sich bereits seit Jahren intensiv für die indische Religion interessierte, erklärte eines Tages seine Nutztiere für heilig. In der Öffentlichkeit nannte er seine Nutztiere aber stets beim Namen seiner heimatlichen Gottheit. Nun war dieser Bauer zudem ein äußerst listiger Erfinder. Aus der Milch der Tiere gewann er eine Art Quarz, mit dem er Zeitmessgeräte herstellte. Diese Zeitmessgeräte wurden zum Verkaufsschlager. Da der Bauer eigentlich ein armer Mann war und stets alte, zerfledderte Kleidung trug, nannte man dieses Zeitmessgerät anfangs schlicht und einfach die ___ ___ ___ ___ ___.

Saudi-Arabien – Sau dir a Rabbi N (bayrisch)

99) Zwei Wiener Tierpfleger unterhielten sich über ihren Job. Beide waren seit Jahren nur damit beauftragt, tote, verweste Tiere als Nahrungsgrundmittel für die Raubtiere und Greifvögel bereitzustellen. Ein Tierpfleger sprach mit gesenktem Haupt: „Also, der Job am toten Tier macht mir ja net so viel Spoß." Der andere zeigte sich da durchaus begeisterter und sagte fröhlich: „Also, I mog die ___ ___ ___ ___."

Kuala Lumpur – Kuh-Allah-Lump-Uhr

100) Zwei Freunde saßen in einer Pommesbude und bestellten dort frittiertes Hähnchen. Einer der beiden war mit seinem Essen nicht zufrieden. Ihm war die Panade zu weich und labbrig. So wollte er nun mit dem Freund tauschen, da dessen Hähnchen sich als goldbraun und knusprig erwies. Dieser jedoch hatte keine Lust auf den Tausch und sagte: „Du glaubst doch nicht im Ernst, dass ich freiwillig von den Kr___ ___ ___?“

Aserbaidschan – Aas-Arbeit schon
(Tiroler Dialekt)

101) In einer geselligen Männerrunde altgedienter Fußballer kamen ab und an auch peinlichere Themen zur Sprache. Nachdem sein Kumpel Frank Lampard gestand, dass er seine Frau mit Mundgeruch provozieren würde, sprach David Beckham beim Kneipenabend: „Ich ___ ___ ___ immer damit auf, dass ich abends so an den Füßen stinke.“

Osnabrück – (Kr)oss'n abrück

102) Fu und Fara kennen viele noch aus der Grundschule. Nach ihren Handpuppenkarrieren arbeiten sie nun allerdings beide für den ADAC. Dieses Jahr waren die beiden auf Reisen, um auf einer Automobilmesse speziell für Feierveranstaltungen entwickelte Busvarianten auszuzeichnen. Der *Happening-Cruiser* von VW schien nicht zu überzeugen. Ford hingegen schien zu brillieren und eine der beiden Handpuppen verlieh dem Unternehmen dafür eine Medaille. Am nächsten Tag stand in der Fachpresse: *Ford im Glück:* ___ ___ ___ ___ ___.

Reykjavik – reg ja Vic

103) Michael, auch *Schumi* genannt, und sein Bruder wurden von der britischen Königin zum Ritter geschlagen. Da sagte die Queen: „Du, Schumi. Fein. Du hast ja immer noch deinen Helm auf.“ Dann sah sie den Bruder an und fragte verärgert, aber in einer höflichen Form: „Und warum kommen ___ ___ ___ ___ ___?“

Fuerteventura – Ford-Event-Tourer

104) Ein Serienmörder ließ seinem Opfer die Wahl, ob dieses entweder an Völlerei oder lieber an Salmonellenvergiftung sterben wolle. Der arme junge Mann musste ständig Hähnchenfleisch zu sich nehmen, hatte aber die Wahl, ob er es in regelmäßigen zehnminütigen Abständen *gebraten*, oder nur ab und zu, dafür aber *ungebraten* essen wolle. Spontan tendierte das Opfer zu erster Auswahlmöglichkeit, merkte dann aber mitten in der Antwort, dass er sich korrigieren musste. Wörtlich sagte der Mann: „Ja, ich esse es pe___ ___ ___ ___ ___ ___."

Sierra Leone – Sie, Ralle, ohne

105) Ein Kontrolleur war für seine brutale Vorgehensweise bei Betrugsverdacht berüchtigt. Heute Morgen standen zwei Schwarzfahrer, die sich nicht ausweisen konnten, vor ihm und versuchten, ihr Verhalten mit fadenscheinigen Ausreden zu rechtfertigen. Da wurde er wütend. „Ich glaube, ich haue dir gleich eine rein, Passagier B.“ Da sagte der andere: „Hey, nicht in dem Ton.“ „Pass mal auf“, konterte der Kontrolleur, „du glaubst ja gar nicht, was ich dir gleich ___ ___ ___ ___ ___.“

Rio de Janeiro – (pe)riodisch. A nee ... roh

106) Ayrton fuhr einst mit seinem Rennwagen nach China, weil dort bekanntlich öfter mal der Reis umfällt und er sich nun persönlich davon überzeugen wollte. Folglich stellte er sich mit seinem Boliden neben das gefüllte Behältnis. Und siehe da: Nie wieder fiel es um. Als man die Chinesen eines Tages fragte, wie das denn nun sein könne, antworteten diese: „Na ja, vorher fiel das Behältnis einfach um, aber seit neuestem gibt dem ___ ___ ___ ___."

Antofagasta – antu, Fahrgast A

107) Eine schlitzohrige Drogenbande, ehemalige Coffee-Dealer, haben den Placebo-Effekt für sich entdeckt und verkaufen neuerdings getrocknete Kräuter in Beuteln. Diese werden fälschlicherweise als Rauschgift deklariert und für hohe Preise auf dem Schwarzmarkt verkauft. Die Erlöse aus diesem gewinnbringenden Geschäft tun sie in die sogenannte ___ ___ ___ ___ ___. *(letzten Vokal französisch betonen)*

Sachsen-Anhalt - Sack Senna 'n Halt

108) Zwei ehemalige Rennfahrer beschlossen, sich nach ihrer aktiven Formel-1-Karriere im Gastronomie-Sektor selbstständig zu machen. Herr Senna entschied sich dafür, Kaffee zu verkaufen, und gründete das *Kaffeehaus Ayrton*. Herr Lauda hingegen entschied sich lieber für die etwas gesündere Variante von Heißgetränken, wie zum Beispiel heiße Minze. Bei der Inneneinrichtung seines neuen Ladens orientierte er sich am guten alten Western-Style. Und so eröffnete er kurz darauf den ____ ____ ____ ____ ____.

Titicaca-See - Tea-Ticker-Kasse

109) Drei Wiener Freunde wollten mit dem Auto in den Urlaub fahren, doch als sie den Motor starten wollten, passierte rein gar nichts. Der Fahrer stieg aus, öffnete die Motorhaube und begutachtete das Problem. Da er ein ziemlicher Fuchs war, stellte er recht zügig fest, dass ein Loch in die Benzinleitung geknabbert worden war. „Na, wie kommt denn das Loch in die Benzinleitung?“, sprach er in einer sehr ausgeprägten Form seines Dialekts. „Also, des wa a Katz’ bestimmt, vermute ich“, sagte daraufhin ein Freund. Doch der Dritte war sich sicher, dass das Loch von dem Biss eines Otters, Bibers oder womöglich sogar eines Marders stammen müsse, und behauptete selbstsicher: „Nee, des wa’ a ____ ____ ____ ____.“

Thessaloniki - Tee-Salon Niki

110) Ein Bauer hatte sehr musikalische Tiere. Ein Schwein aus der Zucht hörte gerade die neue Platte von *The Skatalites.* Der Bauer konnte mit dieser speziellen Musikrichtung aber wirklich mal so gar nichts anfangen und beschwerte sich folgerichtig bei seiner Frau. Diese gab ihm den Tipp, dass der Bauer einfach den riesigen fahrbaren Leierkasten holen lassen und dem Schwein damit neue Inspiration bieten könne. Also sprach der Bauer zu seinen Knechten: „Ich weiß nicht, was hier los ist. Plötzlich hört meine ___ ___ ___ ___ ___ bitte mal den Leierkasten in den Stall.“

Nagasaki – Nager, sag ich

(Tiroler Dialekt)

111) Der zwar etwas dümmliche, jedoch sehr erfolgreiche Comedian Mario Barth und die ehemalige Moderatorin Frau Kock am Brink treffen sich zufällig bei einer Mediengala. Da der Berliner Comedian auch privat unheimlich viel redet, die ganze Zeit lautstark von seiner neuen Freundin erzählt und sie ihn den ganzen Abend partout nicht loswird, kann man am nächsten Tag vielleicht festhalten: „Er hat sie so dermaßen vollgequatscht. Am Ende des Abends hatte ___ ___ ___ ___."

Ulan-Bator – Ulla 'n Barth-Ohr

Bei Lektora erschienen

Patrick Salmen

Das bisschen Schönheit werden wir nicht mehr los

In „Das bisschen Schönheit werden wir nicht mehr los“ blickt Patrick Salmen durch die Spalten von Tüllgardinen und sieht einsame Menschen vor Kaffeetassen, belauscht in Routine erstickte Frühstückskonversationen und erzählt von entzauberten Momenten der Zweisamkeit. Seine Helden klettern auf Kräne und auf Hochsitze, sind Kleingartenkartenspieler und Baustellenbesetzer, Kunstliebhaber und Vaterfiguren, und immer wieder sind es die verlorenen Seelen der Gesellschaft, die er eindringlich mal in lyrischer, mal in prosaischer Form beschreibt. Patrick Salmen erzählt Geschichten, die ihre ganz eigene intensive Stimmung erzeugen und beim Leser mehr als einmal in der Erinnerung nachklingen.

Nach seinem erfolgreichen Debüt „Distanzen“ und dem Nachfolger „Tabakblätter & Fallschirmspringer“ ist „Das bisschen Schönheit werden wir nicht mehr los“ Patrick Salmens dritte Buch-Veröffentlichung.

ISBN 978-3-95461-009-9
12,00 Euro

www.lektora-verlag.de/shop

Bei Lektora erschienen

Patrick Salmen

Tabakblätter und Fallschirmspringer

„Das Leben ist wie ein beschriebenes Blatt Papier“, sagtest du mal. „Mit jeder Zeile, die du füllst, verblassen die Worte aus deiner Vergangenheit. Aber es gibt diese ganz wenigen bestimmten Momente, an die man sich einfach in gewissen Situationen immer erinnern kann.“

Wenn dieses Lied läuft, zum Beispiel. Wenn du den Duft von Tabak und Leder einatmest. Wenn du mit deinem Finger über den Rand eines Geldstücks streichst und wegen der rauen Textur an die rostroten Gitarrensaiten denkst, die du als Kind immer mit dem Fingernagel berührt hast. Wenn du diesen Traum hast, diesen immer wiederkehrenden Traum.

ISBN 978-3-938470-80-0
12,00 Euro

www.lektora-verlag.de/shop

Bei Lektora erschienen

Patrick Salmen

Distanzen

„Distanzen“ entführt Sie in poetische Bilderwelten: Momentaufnahmen voller Gerüche, Farben, Klänge und Atmosphäre. In diesem Buch treffen Sie weder auf die großen Helden der Geschichte noch auf die Geschichten großer Helden, vielmehr versucht der Autor den Leser einzelne Stimmungsebenen nachempfinden zu lassen und ihn als Protagonist in seine Geschichten einzubinden. Hier stoßen Sie auf die Faszination des Strommastensurrens, auf alte Damen, die mit ihren Regenhauben als Heißluftballons in den Himmel aufsteigen, auf leisen Zweifel und Lautmaler, auf den Zauber des Geschichtenerzählens, auf Zwischenrealitäten und Zugvogelforscher. Salmen entführt den Leser an Telefonzellen, Bushaltestellen, Flughäfen oder Feldwege und lässt ihn die seltsam schöne Faszination spüren, die diesen Orten anhaftet.

In prosaischer und lyrischer Form erzählt Patrick Salmen die Geschichten der kleinen Helden.

ISBN 978-3-938470-60-7
12,00 Euro

www.lektora-verlag.de/shop